AF131918

1 Londres : le jour d'après

© *Nathanaël AMAH , 2020 NATHAM Collection*

Couverture : Larisa KAZAKOVA
(avec son aimable autorisation)

Londres : le jour d'après

Du même auteur :

(E-books & version papier)

- Somewhere in Vladivostok
- Harcèlement   *(éd. BOD)*
- Harassment   *(éd. BOD)*
- Acoso   *(éd. BOD)*
- Neith (La mystérieuse Nubienne)   *(éd. BOD)*
- The Nubian (The mysterious Neith)   *(éd. BOD)*
- Les macarons   *(éd. BOD)*
- La veuve PLYNN   *(éd. BOD)*
- Instants ultimes   *(éd. BOD)*
- Que dire de plus ?   *(éd. BOD)*
- Cousine !   *(éd. BOD)*
- Tu n'es pas la femme de l'homme
              que je suis   *(éd BOD)*
- The day after in London   *(éd BOD)*

(www.bod.fr)

5

LONDRES :
LE JOUR D'APRES.

Roman

7

1

Dans l'Airbus de British Airways qui la ramène de Berlin à Londres, Maïa est dans un état de détresse indescriptible.

De temps en temps, elle ouvre son sac, en retire un foulard de soie bleu ciel, le rapproche de son visage et hume longuement le parfum qu'il exhale.

Ensuite, elle le range bien soigneusement au fond de son sac à main et se remet à penser à ce qu'elle vient de vivre dans cette ville allemande qu'elle vient de quitter il y a à peine une demi-heure.

Le retentissement consécutif à la destruction du mur de Berlin a dépassé les frontières allemandes. Partout dans le monde, Berlin est devenue le symbole de cette liberté retrouvée, le lieu où tous les hommes et toutes les femmes « libres » ressentent un peu plus cette atmosphère de liberté, et se considèrent comme des citoyens de cette ville qu'ils s'approprient bien volontiers.

« Tous les hommes libres, où qu'ils vivent, sont citoyens de cette ville de Berlin-ouest, et pour cette raison, en ma qualité d'homme libre, je dis : Ich bin ein Berliner »,

avait déclaré J. F. K dans son célèbre discours en Juin 1963.

Prononcé en son temps et dans un autre contexte, ce discours illustre bien l'état d'esprit que chacun aujourd'hui peut exprimer et en apprécier toute l'importance.

Cette liberté fondamentale ne saurait être aliénée pour des raisons de pure politique idéologique.

Et c'est ainsi qu'à cette époque où Maïa projetait d'organiser cette rencontre qui devait lui permettre de vivre dans la vraie vie cette expérience amoureuse dont elle avait rêvée, et faire éclore cet amour qu'elle a patiemment et secrètement abrité dans son cœur, la ville de Berlin s'était imposée à elle.

Elle ne saurait expliquer ce choix.

La géopolitique était le cadet de ses soucis.

Au moment de son choix, elle se sentait habitée par cet étrange amour qu'elle n'avait pas vu naître, mais qu'elle a farouchement protégé, tel un embryon au sein de son corps. Elle se sentait comme détentrice d'une obligation qu'elle devait satisfaire coûte que coûte. Un but à atteindre dans sa vie de femme adulte, tenue en étau entre sa vie de femme mariée, et cette sensation d'appartenir à un autre homme.

Pour elle, il n'y a aucune contre-indication à être dans une telle position.

Car, elle ne se satisfait plus de cette vie conventionnelle établie par la société des **H**ommes. Celle qui impose la fidélité, la retenue, la bienséance. D'un autre côté, elle ne peut ignorer son désir profond de vivre quelque chose de nouveau par le truchement de cette audace qui a permis l'organisation de cette rencontre.

Toute proportion gardée, elle compare cette situation à celle d'un enfant à qui ses parents auraient imposé une religion à sa naissance, et une fois parvenu à l'âge de raison, cet enfant, tout en fréquentant assidûment son église, au nom de sa sacro-sainte liberté, s'autoriserait à avoir ses propres convictions religieuses. En clair, en ce qui la concerne, ressentir une passion hors mariage, ne saurait entacher son statut d'épouse modèle, tant que cela reste platonique.

2

Maïa est une personne indépendante.

Toute sa vie a été jalonnée de prises de
décisions dont la logique n'obéit qu'à sa
propre logique.

Elle adore la nature, les grands espaces, les
balades sans fin en montagne.
Son esprit aventureux l'a incitée bien des fois,

à parcourir le monde en quête de nouveaux paysages, de nouvelles rencontres et de nouvelles vibrations.
Elle a ainsi parcouru la moitié du monde et en a ramené des souvenirs impérissables.

Son film préféré est « *La rivière sans retour* » d' OTTO PREMINGER.

Elle a vu ce film un nombre incalculable de fois avec le même émerveillement.

Pour elle, ce film illustre sa vision de l'amour et tout le processus qui conduit à l'éclosion de l'amour.

Elle pense à Marilyn MONROE et à Robert MITCHUM, tous les deux impliqués dans ce processus qui conduit vers l'éclosion de l'amour le plus improbable.

Quand on navigue sur la rivière de l'amour dit-elle, le retour est impossible.
Ceci est tellement vrai pour elle que toute résistance est vaine une fois que le processus d'aller vers l'autre ou d'accepter l'autre est enclenché.

Car, ce processus qui inocule cette substance subtile voire mystérieuse qu'aucun chimiste ne saurait reproduire en laboratoire, s'insinue sans bruit jour après jour dans le cerveau le plus retors, pour finalement et contre toute attente désactiver le discernement dans la plupart des cas. Ainsi, la raison cède sa place à la déraison.

Maintes fois, depuis son arrivée, Maïa s'est interrogée sur les vraies raisons de sa présence à Berlin.

Ce nouveau voyage ne suscite pas les mêmes émotions qu'elle a l'habitude de vivre à chacun de ses déplacements à travers le monde. Elle le ressent très fortement, mais n'arrive pas à se l'expliquer.

En effet, tout en se maintenant active grâce à ses pérégrinations dans la ville, elle ne se laisse pas envahir par un enthousiasme débordant. Un peu comme si elle était dans l'attente d'un événement plus important que sa présence dans cette ville de Berlin où sa curiosité et son esprit critique sont sollicités à chaque coin de rue.

Elle se contente d'emmagasiner des images, des odeurs, des bruits pour une analyse ultérieure. Du moins, elle l'espère.

3

En cette fin de matinée de début d'automne, une pluie fine tombait sur la ville. Il s'agit d'une pluie qui n'a rien de spectaculaire, mais une qui mouille terriblement pour peu que l'on se fasse surprendre sans son parapluie.

Maïa profite de ce changement de temps pour faire une pause dans son programme du jour.

Elle s'abrite dans cette brasserie typiquement allemande dans Uhlandstrasse, et décide de commander un jarret de porc traditionnel accompagné d'une choucroute et de pomme de terre, plat qui tient au ventre et qui s'apprécie avec une bonne bière allemande comme il se doit.

Au cours de cette pause-déjeuner, elle a pu observer avec étonnement et aversion, la clientèle bien en chair de cette brasserie, grosse consommatrice de charcuterie et de bière, elle qui fait très attention à son alimentation et à sa ligne. Elle se demande comment concilier son envie de découvrir cette gastronomie allemande très calorique avec la rigueur qu'elle s'est toujours imposée de contrôler son poids au gramme près.

Heureusement pour elle, son séjour à Berlin ne va durer qu'une semaine. Donc, il n'y a aucun risque d'affoler le pèse-personne à son retour à Londres, au moment de la pesée, qui intervient à chaque fin de semaine.

Elle ne sera pas obligée de se boucher les oreilles au moment de monter sur le pèse-personne électronique parlant.

Assiette à peine touchée au grand étonnement du serveur qui s'inquiète, l'interroge du regard. Elle lui fait comprendre qu'elle voulait juste savoir le goût de ce plat typique du pays. Donc, pas d'entorse avérée à son régime draconien.

De retour dans sa chambre d'hôtel, Maïa décida de faire une sieste. Ce qui est contraire à ses habitudes. Elle fait partie de ces personnes qui pensent que faire la sieste, est une perte de temps colossale. Elle pense qu'une journée ne suffit pas pour tout faire ou tout voir. Mais, à ce moment précis où, tout son esprit est tourné vers l'arrivée de celui pour lequel elle a bravé tant de certitudes, tant d'interdits pour se retrouver à Berlin, cette sieste ne peut qu'être salutaire pour son équilibre au cours de la soirée, à condition qu'elle réussisse à fermer les yeux et faire le vide dans son esprit.

Elle se déshabilla, passa un court instant dans la salle de bain, puis revint, vêtue d'un T-shirt blanc (taille XXL) d'une marque célèbre sur lequel il est inscrit « *JUST DO IT* ».

Elle se glissa dans son lit, et contre toute attente, sombra dans un profond sommeil.

Deux heures plus tard, elle se réveilla en sursaut.

Elle est en sueur.

Elle émerge d'un cauchemar.

« *… Tu cherches à me mettre en colère, mais tu as épuisé toute la rage que j'ai en moi … Il ne me reste que la déception ….* »

La dernière phrase dont elle se souvient en ouvrant les yeux, un peu perdue dans ce grand lit dans lequel elle dort depuis deux jours.

Contre qui se disputait-elle dans son cauchemar ?

La voilà, assise dans son lit, adossée au mur, plongée dans ses pensées. Elle réfléchit. Elle ne comprend pas.

4

Elle finit par se réveiller complètement.Son visage s'éclaire.
Elle a soif.
Elle décroche le combiné, appelle le room service et commande une tasse de thé à la bergamote.

Un instant plus tard, le room service apporta le thé à la bergamote accompagné d'une assiette de Buchty Brioche, une brioche à base de crème fraîche, contrairement à la brioche française riche en beurre, ce qui est bien meilleur pour sa chasse aux kilos superflus.

Elle s'attabla et dégusta cette pâtisserie avec appétit, n'ayant presque rien mangé lors de sa pause-déjeuner dans la brasserie.

Après ce moment de pur bonheur, elle revint à la réalité.

La fameuse phrase résonne toujours dans sa tête. Elle semblait en colère. Elle tente de se remémorer son cauchemar qui lui a laissé une drôle d'impression, mais en vain.

Maïa n'est pas le genre de personne à se courroucer pour un oui ou pour un non. De plus, elle fait très rarement des rêves, encore moins des cauchemars. C'est ce qu'elle prétend devant ses amis. Mais si l'on s'en tient aux allégations des spécialistes des questions relatives au domaine onirique, tout le monde fait des rêves. Encore faut-il pouvoir s'en souvenir. Mais là n'est pas la question. Pour l'heure, malgré cette délicieuse Buchty Brioche qu'elle vient de déguster, il demeure en elle une impression d'amertume. Ne dit-on pas que peu d'amertume corrompt beaucoup de douceur ? Que cache cette amertume ? D'où peut-elle provenir ? Pourtant, tout devrait concourir à la mettre de bonne humeur. Cette attente insoutenable, cette perspective d'une étreinte (fusse amicale) dans les bras de celui-là même qui a réussi à bouleverser sa vie au point de la rendre déraisonnable, tout devrait lui permettre de surfer sur la vague de cette surexcitation qu'elle n'arrive plus à contenir. Mais contre toute attente, sa présence à Berlin, (placée sous le signe d'une illusion qui devrait la faire planer et lui faire tutoyer les cimes du bonheur), peu à peu la met mal à l'aise. Sa présence à Berlin semble provoquer en elle un vrai séisme dont elle ne peut mesurer l'amplitude.

Quelles sont les options qui s'offrent à elle ?

Soit, elle range ses affaires et prend le premier vol pour retourner dans son foyer à Londres dans les plus brefs délais, soit, elle reste fidèle à son engagement de rencontrer celui-là même qui arrive par le vol de 18 heures. Auquel cas, elle devrait parvenir à se resynchroniser avec son état d'âme pour plus de cohérence dans son attitude au moment où il la prendra dans ses bras.

En y réfléchissant, ce cauchemar qu'elle vient de vivre au cours de sa sieste, n'est-ce pas la résultante d'un conflit intérieur qui ne dit pas son nom ? Ce qui semblait être une dispute avec une personne dont elle ne se souvient pas, ne pourrait-elle pas tout simplement être la projection du profond désaccord entre sa conscience et sa déraison ? Entre son envie d'exprimer au grand jour, cette liberté fondamentale qu'elle revendique avec force, et son statut de femme mariée soumise à des règles qui contredisent les principes mêmes de cette liberté qui s'imposent à chacun des membres du couple, et plus spécifiquement à la femme dont la valeur (au sein de la société des hommes) se mesure à son aptitude à taire ses sentiments et à se comporter de manière exemplaire ?

Si l'on tente une extrapolation, et sans vouloir faire d'un cas particulier un cas d'école, le fondement même du couple serait-il remis en cause ?

Non, à priori.

Il ne s'agit pas d'une remise en cause induite par tel ou tel comportement au sein du couple. En effet, une absence, une récréation, une virée, une escapade (autant de dénominations plus ou moins poétiques qu'il est possible d'imaginer selon les circonstances) sont des événements qui pourraient choquer les âmes bien pensantes installées et évoluant dans une société judéo-chrétienne aseptisée, codifiée, immuable. En somme, une routine bien huilée et incontournable. Or, le couple n'est-il pas le lieu privilégié de tous les bouleversements, de tous les changements, de toutes les surprises, de tous les excès, voire de tous les dangers ?

Oui : les bouleversements dans toutes nos certitudes, les changements de nos habitudes, l'excès de confiance dans l'autre, le danger de la désillusion, le surprenant état des lieux au moment du bilan, tout ceci concoure à considérer le couple comme l'espace de toutes les mutations.

Le questionnement de Maïa concernant sa présence à Berlin la ramène quelques années en arrière, ce temps où elle pouvait prétendre être la femme des rêves de quelqu'un pour qui elle compte plus que tout.

C'était le temps béni où le simple fait de se rendre à l'épicerie, faisait l'objet d'une communication préalable en bonne et due forme : « *Chéri, je vais faire quelques courses.* »

Et progressivement, au fil des années, de cette communication riche et indispensable à la cohésion de son couple, elle est passée à cette étape de communication minimaliste, celle des phrases laconiques du type : « *Je sors.* ».

Par conséquent, rien d'étonnant à ce qu'elle soit partie, le cœur léger vers l'inconnu, sans se préoccuper de la situation d'avant et d'après son voyage à Berlin.

5

Maïa jette un coup d'œil à sa montre.

17 heures.

« *Oh mon Dieu !* »

Elle bondit hors du lit et se précipite dans la salle de bain.

Une douche rapide. Une remise en beauté minimaliste, puis, direction l'aéroport.

Blottie sur le siège arrière du taxi qui la conduit à l'aéroport, Maïa allume son mobile et consulte fébrilement sa messagerie.

Espère t-elle secrètement recevoir un message de renoncement de cette personne pour laquelle sa vie est en train de basculer ? Son conflit intérieur continue de la tirailler entre cette volonté d'accomplir ce vœu qu'elle considère comme l'engagement de sa vie, *(un instant de sa vie qu'elle ne saurait manquer pour tout l'or du monde)* et son envie de fuir très loin afin d'éviter cet moment qu'elle est sur le point de vivre et qui signerait la fin de toutes ses certitudes.

Certitudes ou servitudes ?

Qu'en est-il dans la réalité de sa vie de femme mariée ?

Le libre arbitre avait-il sa place dans sa vie de tous les jours, et plus encore, au moment de sa décision de réaliser cette rencontre à laquelle elle tenait tant ? Qu'elle en sera le prix à payer à l'issue de la concrétisation de son rêve devenu une véritable obsession ?

L'enthousiasme qu'a suscité la perspective de cette rencontre, avait créé chez elle toutes les conditions pour aboutir à cette certitude qu'il existe une autre vie ailleurs qu'au sein de son couple.

Mais, l'état de dépendance totale vis à vis de cet « amour fantôme » et de l'idée qu'elle s'en fait, état de dépendance dans lequel elle se reconnaît, n'est pas si différent de l'état de dépendance auquel elle était habituée au sein de son couple. Vu de l'extérieur, elle ne saurait donc échapper à cet état de totale dépendance conscient ou inconscient qu'elle est sur le point d'expérimenter, puisque cet état induit le même degré de soumission qu'elle accorde à son époux.

Au fond, en y réfléchissant, qu'est-ce que cela va changer pour elle ?

Le jeu en vaut-il la chandelle ?

En supputant, ce qui va changer pour elle en allant au bout de son désir et de son envie de vivre cet amour dont l'éclosion approche, c'est qu'elle sortira de cet enfermement mental et/ ou physique induit par son expérience maritale.

En agissant de la sorte, Maïa parviendra peut-être à se convaincre qu'elle n'est pas la femme d'une seule vie. Ce qui systématiquement ne ferait pas d'elle, une énième femme séparée ou divorcée, les motivations dans ce domaine étant légion. Non, ce qui pourrait la différencier des autres épouses qui oseraient cette incartade, c'est de faire une entorse à une situation établie, apparemment saine, ce qui mettrait en danger ses certitudes alors que tout semble bien se passer. Une mise à mort du couple qui n'est pas à l'agonie, (toujours vu de l'extérieur).

6

17h45. Berlin Schönefeld Airport.

Le taxi vient de s'immobiliser devant la porte
de la zone des arrivées. Le chauffeur d'origine
polonaise, resté muet pendant tout le trajet,
stoppe le compteur et annonce le montant de
la course. Trente cinq euros.

Maïa fouille dans son sac et finit par trouver
son porte-monnaie.
Elle en sort un billet de cinquante. Le

chauffeur lui rend la monnaie. Elle sort du taxi et s'engouffre dans l'aéroport.

Sur le tableau d'affichage, l'avion accuse un retard d'une demi-heure.

Une demi-heure de répit ou bien une chance supplémentaire de peser le pour et le contre de son acte ?

En attendant, elle déambule dans zone des arrivées, balançant nerveusement son sac à main d'avant en arrière.

Puis, la voix de la speakerine annonçant l'arrivée du vol, fit monter sa tension d'un cran.

Maïa a du mal à respirer. Un léger vertige l'oblige à stopper son errance dans cette zone des arrivées qui s'était remplie de monde sans qu'elle s'en aperçoive. Elle est figée.
Mais coquetterie féminine oblige, elle ouvre son sac à main, cherche fébrilement son miroir de poche. Elle finit par le retrouver et se mire. C'est peut-être trop tard pour rectifier son maquillage, mais ça va. Les yeux ont un

peu rougi, mais son mascara n'a pas coulé. Une chance. Elle est présentable.

Ce temps interminable qui sépare l'arrivée du vol et de la sortie effective des passagers (à cause des formalités), n'est pas fait pour arranger les choses.

Maïa veut en finir avec cette attente.

Machinalement, elle se dirige vers la sortie. A deux pas de la porte, elle marque un arrêt, puis fait demi-tour.

Les premiers passagers pénètrent enfin dans la zone des arrivées, fourbus et un peu déboussolés par le vol, bien contents d'être arrivés.

Premières embrassades derrière les chariots chargés de bagages.

Premiers émois des amoureux qui se retrouvent.

Maïa observe tout ce remue-ménage sans bouger. Elle est tétanisée.

La zone se vide progressivement.

Parmi les rares passagers encore présents,
Maïa remarque cette silhouette qui lui semble
familière, du moins, qui lui rappelle quelqu'un
vu un million de fois sur Skype.

Ses jambes ne la portent plus..

La silhouette s'avance vers elle d'un pas
assuré. Maïa demeure immobile. La silhouette
est à présent à un mètre d'elle. Puis d'une voix
grave : « ***Bonsoir Maïa !*** ».

7

Est-elle en train de vivre un rêve éveillé ? Cette voix qu'elle connaît bien par ordinateur interposé, résonne à présent à ses oreilles dans la vraie vie. Comment est-ce possible, se dit-elle.

Alors, la silhouette se penche vers elle, et lui donne un unique baiser sur sa joue gauche.
Elle se laisse faire. Elle ne sait pas comment réagir. Devrait-elle le prendre par le cou, poser sa tête sur sa poitrine, lui prendre les mains, ou bien encore, lui donner un baiser en

retour comme pour exorciser cet état d'intense fébrilité dans lequel elle se trouve ? Elle a soudainement oublié tout ce qu'elle s'était promise de faire à ce moment précis où, elle verrait cet homme pour la première fois en chair et en os.

C'est la première fois de toute sa vie de femme mariée qu'elle se laisse approcher d'aussi près par un homme qui n'est pas un de ses proches.

Curieuse sensation en effet.

Elle est envahie par un mélange de sentiments et de sensations qu'elle ne connaissait pas. Cela lui rappelle vaguement ce qu'elle a pu ressentir la première fois qu'elle a offert sa nudité à son époux. Une violence faite par elle, sur elle-même. Une forme de capitulation face à l'inévitable. Un effacement de sa personne. Une renonciation à son intégrité morale et physique. Un plongeon dans l'inconnu. A l'époque, elle s'était demandée si cela lui ferait mal cette première fois avec son époux, aujourd'hui, pour ce premier baiser sur sa joue gauche, la douleur, (même si elle l'a ressentie comme une forme de trahison), n'est pas la même. Cette douleur générée par la rupture d'un serment fait à une personne réputée « chère » à son cœur, ne saurait laisser des traces visibles sur elle.

Seul son cœur a pu enregistrer cette émotion intense, inoubliable.

Que dire de sa conscience ?

La voix de son âme fait-il le poids face à la voix de son corps ?

De l'affrontement de sa conscience opposée à sa passion, qui sortira vainqueur ? Est-elle en capacité d'arbitrer ce match dont elle n'ignore pas les conséquences, dans la mesure où, les règles sont faussées dès le départ, règles dont elle a écrit chaque détail avant de s'envoler vers Berlin ?

Face à ce manque de réaction, l'homme, pris par le doute, fait un pas en arrière et l'interroge :

- « *Vous êtes bien Maïa , n'est-ce pas ?* »

Quelques secondes passent, puis :

- « *Bien sûr, bien sûr ! … Je suis Maïa. … Enchantée.* »

Enfin sortie de sa torpeur, Maïa ose dire quelque chose.

Le visage de l'homme s'éclaire tout à coup.

Sur sa lancée, Maïa ajoute :

- « *Bon vol ?* »

- « *Oui excellent vol. Cela s'est bien passé. Et vous ? Tout est ok ? … Je vous trouve un peu tendue. Il y a un souci ? … Vous voulez que je prenne tout de suite le vol retour ?* »

dit l'homme avec un sourire crispé sur les lèvres.

La froideur de Maïa tranche singulièrement avec son image chaleureuse sur Skype. C'est le jour et la nuit.
Il n'en revient pas de cet accueil mi-figue mi-raisin qui lui est réservé.Il se faisait une autre

idée de cette rencontre dont l'idée a peu à peu mûri dans son esprit. Dès lors, il se pose mille et une questions. Il y a un vrai questionnement concernant la présence de Maïa dans ce lieu, (elle qui est désireuse et initiatrice de cette rencontre), et l'idée d'un hypothétique renoncement qui aurait germé dans son esprit et qu'elle ne saurait (ou n'arrive pas à) exprimer de manière frontale pour ne pas le choquer, lui si gentil, lui qui a accepté de faire tout ce chemin pour la voir.

- « *Que faisons-nous à présent ?* »

interrogea l'homme.

Maïa reste muette, mais continue de le dévisager. C'est à ne rien comprendre.

- « *Si c'est ainsi, je rentre à mon hôtel. Quand tu auras décidé de me parler, tu me feras signe. Au revoir !* »

Aussitôt dit, aussitôt fait.

Il s'engouffra dans un taxi qui s'éloigna, laissant Maïa seule devant la station de taxi.

L'électrochoc produit chez elle par le départ précipité de cet homme déboussolé et visiblement déçu, la ramène brutalement à la réalité.

Elle se sent perdue. Elle a froid. Elle tremble. Elle ne comprend pas ce qui vient de se passer. Ce n'est pas ce qu'elle avait imaginé. Que s'est-il passé, se demanda t-elle encore. Elle ne comprend vraiment pas. Comment rattraper le coup ? Quelle image va-t-il garder d'elle ? Que peut-elle faire pour effacer la honte dont elle vient de se couvrir ?

8

La première expérience dans toute situation, aussi exceptionnelle soit-elle, peut conduire à une catastrophe possiblement annoncée.

Un premier coup de canif dans une relation matrimoniale ne saurait laisser indemne celui ou celle par qui le « scandale » arrive (selon la société judéo-chrétienne bien pensante).

Le lien matrimonial aussi invisible soit-il ne

peut rompre au premier coup de vent, aussi violent soit-il.

Maïa semble en faire la terrible expérience, celle de la présence invisible de celui-là même qui est à l'autre bout de ce lien invisible. Cette présence invisible qui semble mettre en échec toute tentative visant à l'effacer de la scène à cet instant choisi par elle.

« ***L'excuse de l'infidélité, c'est qu'il n'y a rien d'aussi agréable que les commencements amoureux*** », a écrit Édouard HERRIOT dans ses notes, pensées et maximes en 1961.

Mais, ce n'est pas ce que ressent Maïa, frigorifiée, seule, debout devant la station des taxi berlinois, en cet instant précis. Elle voudrait que la terre s'ouvre sous ses pieds et qu'elle y soit engloutie toute entière, de la tête aux pieds, sans qu'aucun de ses cheveux ne reste à la surface de la terre.

La même pluie sournoise qu'en fin de matinée, se met à tomber. Maïa décide à son tour de quitter l'aéroport. Elle s'engouffre dans un taxi, et se fait déposer à son hôtel.

Dans le taxi qui la ramena à l'hôtel, elle ne put s'empêcher de sangloter.

Le chauffeur de taxi, un allemand d'un âge respectable, essaya de solliciter son attention dans le rétroviseur d'intérieur, conduisant son taxi que d'un œil. Il a deviné qu'il y a eu un souci à l'aéroport. Il était désolé de ne pouvoir lui venir en aide.

Et au moment d'encaisser la course, il osa lui dire dans un anglais sans accent :

« *I'm so sorry !* »

Maïa lui répondit par un sourire avant de quitter le taxi.

Une douche chaude et au lit. Demain il fera jour.

Au milieu de la nuit, elle sursauta : le même cauchemar. Cette fois-ci, la dispute était un peu plus violente. Mais comme en début d'après-midi, aucun souvenir précis de son interlocuteur. Juste le souvenir d'une voix grave, véhémente, une étrange expression vocale réprobatrice qui l'a mise dans un état de frayeur qui fit battre son cœur à cent à l'heure à son réveil.

Cet antagonisme qui s'exprime de manière récurrente la met mal à l'aise vis-à-vis de son projet de vivre une histoire d'amour hors de son couple.

Qui peut l'empêcher de mener à bien ce projet, si ce n'est elle-même ?

Ce signe évident d'un conflit intérieur grave qui la paralyse depuis la fin de la matinée pluvieuse et qui s'est aggravé à l'arrivée du vol de dix-huit heures, ne semble pas à première vue la prédisposer à plus d'audace dans la lutte qui oppose les interdits édictés par la société judéo-chrétienne à ses valeurs propres de femme libre de toute influence mais qui ne veut (ou ne semble) pas se donner le droit d'accéder à ses désirs inavouables.

Pour l'heure, après plusieurs tentatives, elle réussit à retrouver le sommeil.

9

Après une nuit en pointillées, Maïa émergea de son sommeil très tard, réveillée par la femme de ménage.

Elle a beaucoup de mal à se concentrer. Sa tête est comme dans un étau. Une gueule de bois sans avoir bu une goutte d'alcool. Une envie de vomir. Elle manifeste un léger tremblement.

Elle décroche le combiné et appelle la réception.

Aucun appel pour elle. Pas de message non plus pour elle.

Elle regarde l'heure. Il est est 10 heures et demi. La matinée est presque passée. Toujours pas de solution permettant de réparer la catastrophe de la veille. Que peut-elle faire face à cet homme qui, dans sa dernière phrase avant de monter dans son taxi : «*... **Tu sais où me trouver.** »*, lui a *de facto* assigné la responsabilité de ce fiasco. En clair, c'est bien à elle que revient la décision de se revoir ou pas. Elle en est bien consciente : même si elle adopte une apparente décontraction, le feu brûle en son sein. Elle ne sait pas comment l'éteindre. Se connaît-elle si peu ? A t-elle présumé de sa volonté de transgresser cet interdit qui semble la tourmenter à ce point ? Qu'est-elle venue faire à Berlin ?

Pour l'heure, les quatre murs de sa chambre lui assurent une pseudo sécurité face à cette décision qu'elle devrait prendre et qui tarde à venir.

Après un long moment à se prélasser dans sa baignoire, sa décision est prise.

Maïa tente de se redonner une apparence acceptable. Pas de peinture de guerre sur le visage, pas de calumet de la paix dans la main. Juste elle, Maïa dans toute sa splendeur, désireuse d'assumer ses responsabilités.

Elle commande un taxi.

Un instant plus tard, la réception annonça l'arrivée du taxi.
Une dernière vérification devant le miroir de la salle de bain, l'imperméable par-dessus l'épaule puis, Maïa prit tranquillement l'ascenseur sans se presser.
Rez-de-chaussé. La porte de l'ascenseur s'ouvre et libère ses occupants.

Dans le hall de la réception, beaucoup de monde : les entrées et les départs se succèdent au comptoir.

Elle fendit la foule et se retrouva dehors, bien

décidée à aller de l'avant.

Oui mais, vers quoi, vers qui ? Elle n'a pas oublié sa déconfiture de la veille à l'aéroport.

Elle s'installa à l'arrière du taxi qui démarra aussitôt.

Durant le trajet, elle sent à nouveau la fièvre monter en elle. Cette peur qui l'avait anéantie la veille était en train de l'envahir de nouveau. Mais cette fois-ci, elle ne se laisse pas faire. Elle se redresse sur le siège, ouvre son sac à main, sort son mobile et appelle son époux à Londres.

Deux sonneries, puis la voix de Henry.

- « **Bonjour chéri.** » dit-elle.

Un long silence qui lui parut une éternité, puis, à l'autre bout du fil :

- « **Bonjour.** »

Une voix glaciale, tranchante qui lui glace le sang.

Maïa ne sait quoi dire. Elle ne sait même plus pourquoi elle a pris cette décision saugrenue de téléphoner à son époux.

Elle est route vers ce qu'elle avait considéré comme une étape essentielle dans sa vie de femme. Une étape qui, pour elle, devrait la conforter dans son idée qu'elle n'appartient à personne.

- « *Je voudrais juste te donner de mes nouvelles et savoir comment tu vas. … Tu vas bien ?* »

- « *Tu es où ?* » Questionna l'époux délaissé.

Machinalement, sans aucun discernement concernant le sens profond de cette question, Maïa ose cette réponse inattendue que d'aucun désapprouverait :

- « *Dans un taxi.* »

Un long silence, puis :

- « *Tu es où ?* » questionna à nouveau Henry

en haussant le ton.

- « *A Berlin.* » répond finalement Maïa d'une voix faussement détachée.

- « *Et peux-tu me dire ce que tu fais à Berlin ?* »

- « *Rien. … je visite.* »

Henry est stupéfait. Il est écœuré. Il ne sait quoi répondre. Il choisit de mettre fin à la communication.

Maïa soupire, puis range son mobile au fond de son sac à main et attend patiemment la fin du trajet.

10

A Londres, les nuages s'amoncellent sur la tête de Henry. Son ciel s'assombrit, l'orage n'est pas loin. L'état d'âme persistant qui est le sien, engendré à la fois par la surprise et la peur à la suite de ce coup de fil, gâche résolument sa journée.

En effet, après avoir mis fin à l'étonnante communication avec Maïa, Henry relit pour la énième fois le message laconique (*gribouillé en toute hâte sur une feuille arrachée dans le vieil agenda*) retrouvé sur la table de la cuisine le jour du départ de son épouse.

« **Chéri, je pars quelques jours.** »

Un message laconique qui ne précise ni la destination, ni la durée du séjour. Rien de tout cela. Même pas la manifestation d'un semblant d'affection du style : « ***je t'embrasse.*** », ou la lueur d'un espoir de la revoir un jour : « ***à bientôt.*** ».

Juste le service minimum pour signifier ce qui semble être « une marque de respect », déterrée du fond de son être, à l'égard de celui qu'elle considère encore comme son époux.

Dans tous les cas, le message laissé sur la table de la cuisine, semble l'attester.

D'ordinaire, il ne faisait pas grand cas des escapades de son épouse.
Jusque là, leur relation n'avait engendré une quelconque tension dans le ménage : un jour elle partait, elle revenait le lendemain, la vie continuait sans histoire. Tous les deux se

satisfaisaient de ce pseudo arrangement qui permettait à l'un et à l'autre de poursuivre la vie de couple sans se poser de questions métaphysiques concernant leur mode de fonctionnement.

Chacun y trouve son compte. Et c'est le principal.

Mais à cet instant précis, le coup de fil de Maïa a déclenché dans son esprit un curieux pressentiment. Il est confus. Il est saisi d'une peur irraisonnée.

Pourtant, il en a vécu des moments particuliers, voire difficiles avec elle, des moments liés aux événements de la vie ordinaire du couple, et qui n'ont pas jusque là, éveillé en lui cette impression bizarre que l'absence de son épouse (*qui se trouve à l'étranger de surcroît*), n'augure rien de bon.

Cela ne lui ressemble guère de quitter l'Angleterre sans en parler abondamment autour d'elle lors de la préparation de son voyage.

C'était son habitude, et son enthousiasme est communicatif.

Les commerçants du quartier étaient les premiers informés de ses projets de voyages, et profitaient de la primeur des récits de voyages à son retour. Ils pouvaient ainsi voir du pays (*à peu de frais*), recevoir des impressions de voyages, rêver devant des images des paysages lointains accumulées dans la galerie de son téléphone portable.

Ça, c'était la Maïa que tout le monde connaissait à la maison et à l'extérieur.
Celle qui n'avait de secret pour personne, du moins, concernant ses intentions de voyages.

Casanier et profondément « British », Henry voyage très rarement. Il a une sainte horreur de dormir dans un lit autre que le sien. Il a des habitudes auxquelles il ne déroge presque jamais : l'heure de son thé est sacrée. L'heure de son dinner est invariablement la même depuis des lustres. Quant à son régime alimentaire, il ne consomme que des produits bio qu'il va lui-même chercher à la ferme au volant de sa Land Rover.
Sa promenade dans St James's Park, est devenue un rituel avec un parcours bien ciblé.

St James's Park est son endroit fétiche.

C'est au cours d'une de ses promenades quotidiennes dans cet endroit qu'il avait rencontré Maïa fraîchement débarquée à Londres, visitant le quartier de Westminster.

Il se plaît à raconter cette histoire à ses amis qui l'ont entendue une bonne centaine de fois, histoire dont les détails savoureux se sont estompés au fil du temps.

 « *Le carrosse du passé ne nous conduit nulle part* » a écrit Alekseï Maksimovitch Pechkov (Maxime Gorki).

A juste titre car, Henry commence à entrevoir les limites de ce couple qu'il forme avec Maïa, et l'impasse dans laquelle il semble se trouver à cet instant précis.

En effet, la vie de Henry aux côtés de Maïa, aussi riche soit-elle en apparence, aussi intéressante soit-elle d'un point de vue des échanges, ne repose pas moins sur un équilibre fragile.

Jusqu'à cet appel fatidique de Maïa, (vu de l'extérieur), leur vie de couple était en fait une juxtaposition de deux vies diamétralement opposées, basée sur un accord tacite établi au lendemain de leur rencontre dans St James's Park

En fait, ce jour là, la providence était à la manœuvre.

Elle venait de rejoindre l'Angleterre pour occuper officiellement un poste de fille au pair dans une riche famille anglaise. Mais en réalité, sa mission était autre et double : d'une part, habituer la jeune adolescente dont elle devait s'occuper (fille unique sortant d'une grave dépression nerveuse avec plusieurs TS à son actif) à avoir une vie sociale à la maison, meubler sa solitude et lui éviter le replis sur elle-même. D'autre part, mettre en œuvre sa méthode thérapeutique pour traiter le cas de cette adolescente hors la présence officielle d'un professionnel de santé en blouse blanche.

Le choix de Maïa a été une évidence pour cette famille dans la mesure où, elle est une psy diplômée, réputée, auteure d'une méthode de traitement qui a fait ses preuves dans son pays d'origine.

Henry est un compositeur de musique de film. Il est marié pour la troisième fois et n'a pas d' enfant de son union avec Maïa. Il passe le clair de son temps dans son studio aménagé dans le sous-sol de sa maison située dans une banlieue de Londres. La musique est toute sa vie. Il voue une passion réelle pour cet art que certains ont qualifié d'art mineur.

En résumé, deux professions couvrant les deux seuls domaines d'activités au monde sans aucun lien. Deux professions exercées par l'un et par l'autre sans aucune réelle possibilité d'interconnexion intellectuelle, engendrant des centres d'intérêt divergents qui alimentent jour après jour ce désintérêt croissant pour la vie commune manifesté par elle et qui se traduit chez elle par une soif et un plus grand désir d'indépendance.

Le tour de force de Cupidon ce jour-là dans St James's Park a été extraordinaire. Car réussir à attirer l'attention de ces deux personnes au point d'en faire un couple, relève d'une vraie prouesse. Ce qui est tout à fait remarquable.

Autant l'un est taciturne, cultivant l'art du silence lorsqu'il n'est pas isolé dans son studio pour composer, autant l'autre est plus volubile, avide de chaleur humaine, de bruits pour justement meubler ce silence qu'elle a de plus en plus de mal à supporter.

11

« *Pour une femme, se marier c'est comme sauter dans la rivière en plein hiver : une chose qu'on ne fait pas deux fois.* »

Maïa ne le sait que trop.

S'il est vrai que Henry ne l'a pas prise au berceau, et que son expérience de femme se résume jusqu'alors à une ou deux aventures homosexuelles sans lendemain sur le campus à l'époque de ses études dans son pays d'origine, préférant s'en dégager avant qu'il ne soit trop tard, avant qu'elle ne s'attache vraiment, n'ayant pas su déterminer sa nature profonde quant à ses penchants sexuels. Il n'en demeure pas moins que son entrée dans la vie maritale avec cet homme a été une véritable surprise pour elle, pour ne pas dire un vrai choc.

Le fait qu'elle soit arrivée dans cette relation qui l'a conduite à cette union avec Henry, est la conséquence de ce qu'elle a cru comprendre dans la réponse de ce dernier lorsqu'elle lui a clairement dit les yeux dans les yeux le jour de sa demande en mariage :

« *Aime-moi sans répit. Alors, je serai à toi, pleine et entière.* »

Henry aurait-il entendu une autre version de cette exigence au point de répondre :

« *Oui, je te le promets.* »

Lui qui s'était juré de ne plus se retrouver dans une telle démarche qui lui faisait penser à la ronde infernale du papillon autour de la flamme vive d'une bougie allumée.

Un vrai renoncement à une résolution prise et tenue de longue date. Un renoncement à la hauteur de ce qu'il a espéré en baissant sa garde contre toute attente. Ce qui s'est passé depuis la rencontre dans St James's Park est loin d'être une succession de moments d'égarement. D'aucun dirait que son appétit et sa soif de vie ne sont pas taris et qu'il aurait mûri dans sa quête du bonheur.

Ok, mais a-t-il à travers sa rencontre avec Maïa trouvé le moyen de parvenir à cette sublimation de ce nouveau mariage : ce qui le rendrait magnifique et éternel ?

A défaut, ne dit-on pas :   « *Jamais deux sans trois* » ?

Ses deux précédentes expériences maritales lui ont laissé un goût amère dans la bouche, vidé son porte-monnaie et installé dans son esprit une réelle aversion pour l'institution du mariage.

Dès lors, cette union est semblable à une demeure avec les portes restées ouvertes en permanence : rien n'oblige de rester, rien n'empêche de partir.

Son credo : rester libre dans un bonheur relatif.

Henry est parvenu à l'instauration de ce système qui ferait pâlir de jalousie tout être qui se sentirait à l'étroit dans son mariage. Arriver à préserver l'indépendance de son bonheur nonobstant les vicissitudes de la vie.

Mais peut-on parler de mariage réussi si au sein du couple, l'homme et la femme n'ont pas la sagesse de demeurer au même endroit ? Si leurs yeux sont résolument tournés vers l'extérieur ou rivés sur les signaux lumineux au sol indiquant la sortie ? Si toutes les occasions de fuite font l'objet d'une attention particulière ? Si les non-dits sont devenus la règle et non l'exception ?

En admettant que dans cette cage aux portes ouvertes, l'oiseau finisse pas s'apercevoir de la réalité de sa condition, une fois envolé, voudra-t-il revenir boire l'eau fraîche et sucrée au fond de son gobelet ?

Rien n'est moins sûr.

12

A Berlin, le taxi de Maïa vient d'arriver à destination devant l'hôtel Albrechtshof sur Albrechtstrasse.

Elle règle la course et descend du taxi.

Elle sort son miroir de poche de son sac à main, l'ouvre, se mire un court instant puis le ferme et le range au fond du sac. Ses yeux sont un peu cernés mais c'est pas grave. Tout le reste est correct. Elle est présentable.

Elle franchit le seuil de la porte de l'hôtel et se dirige d'un pas décidé vers la réception. Elle attend son tour, puis demande poliment à la réceptionniste de bien vouloir annoncer son arrivée.

La réceptionniste tente d'appeler la chambre.

- « *Désolée, la chambre ne répond pas.* » déclare la réceptionniste.

- « *Ah ! Savez-vous quand il sera de retour ?* »

- « *Non Madame. Puis-je prendre un message ?* » s'impatiente la réceptionniste.

- « *Oui, s'il vous plaît. Dites-lui que Maïa est passée. Il comprendra. Merci. Au revoir Madame.* »

A peine a-t-elle fini de prendre congé de la réceptionniste, avant qu'elle n'eut le temps de se retourner pour regagner la sortie de l'hôtel qu'une voix familière et rassurante l'interpelle dans son dos :

« *Maïa !* »

Elle se retourna et vit cette personne qu'elle est venue conquérir, bien décidée à ne plus se laisser troubler par quoi que ce soit.

Il est en sueur, mais son visage est souriant.

Il venait de faire son jogging. Il prépare le prochain marathon de New-York Courir est devenu son passe-temps favori, presque une seconde nature. Il est en parfaite condition physique. Il est tout en muscle. Maïa semble le découvrir à travers son t-shirt mouillé. Elle est impressionnée. Elle n'avait jamais eu cette vision de lui sur Skype. Son trouble à l'aéroport la veille, ne lui a pas non plus permise de se rendre compte de ce corps d'athlète qu'elle avait face à elle.

Tout en s'essuyant le visage :

- « *Tu es finalement venue ?* » dit-il sans aucun triomphalisme.

- « *Oui, comme tu vois.* » répond timidement Maïa.

- « *Vas t'installer dans le salon. Je monte prendre une douche. … Commande-toi un café. … A plus tard.* »

Maïa le regarde s'éloigner vers les ascenseurs. Elle peut le voir de dos. Elle est à nouveau impressionnée, subjuguée par ce corps charpenté comme un athlète de la Grèce antique, sans trop se demander ce que cela cache en réalité.

Elle se sent plus légère d'avoir brisé la glace, même si rien n'est encore acté quant à l'acceptation de cet homme qui est devenu une véritable énigme pour elle, tellement il l'impressionne.

Elle n'en croit pas à ses yeux de se focaliser ainsi sur le physique d'un homme. Elle ne se souvient pas (aussi loin que remonte sa mémoire) de s'être laissée distraire par l'aspect esthétique d'un homme. Ce n'est pas son genre de jouer aux midinettes devant le poster d'une star inaccessible.

Elle n'est pas venue pour ça. Elle ne veut pas se laisser perturber par ce qu'elle considère comme des interférences qui risqueraient de brouiller son discours. Elle a besoin de la clarté de tout son esprit pour affronter son athlète grec.

Elle sait pourquoi elle est là, dans cet hôtel. Elle connaît les raisons de sa capitulation en se rendant à ce rendez-vous improvisé au lieu d'être dans un avion en direction de Londres.

Par conséquent, dans un tel contexte, elle doit se tenir éloignée de toute distraction. Elle doit se concentrer et mettre à profit ce moment de la douche pour se préparer à descendre dans l'arène pour mise à mort annoncée.

13

Sous la douche, il prend tout son temps. Il se savonne. Il se rince. Il se savonne une fois encore. Il se rince longuement. Il laisse l'eau chaude couler sur son corps. Il n'est pas pressé de redescendre. Il réfléchit. Il prend tout son temps.

A vrai dire, il a été refroidi par l'accueil glacial (voire bizarre) que lui a réservé Maïa à l'aéroport à son arrivée. Il n'est pas loin de penser que cela a été une très mauvaise idée d'avoir effectué le déplacement de la Valette à Berlin.

Mais, comment pouvait-il résister à cette invitation pour laquelle Maïa a déployé tout son talent pour lui présenter le bon côté de cette expérience qu'elle a osé qualifier plus d'une fois, d' expérience d'une vie.

Si la vie est une expérience à part entière et que, comme l'a fort justement exprimé Oscar Wilde à savoir que : « *L'expérience est le nom que chacun donne à ses erreurs* », comment a-t-il put comprendre et intégrer cette idée de vouloir vivre cette tranche de vie à Berlin en quête de cette expérience qui serait l'expérience à vivre coûte que coûte ? Cela ne porte-t-il pas un autre nom ?

La réponse à cette question centrale se trouve probablement dans les derniers échanges épistolaires sur Skype, échanges dans lesquels, Maïa avait su vanter la nécessaire désobéissance de la sagesse au profit d'un bonheur fugace qui constituerait (selon elle) l'expérience d'une vie.

Concrètement, comment à son niveau à lui, cette nécessaire désobéissance devrait-elle se manifester ?

En y réfléchissant, il ne voit qu'une seule possibilité : cette désobéissance devrait se baser sur sa volonté ou son acceptation de se rendre complice de cette escapade dans le but ultime de mettre un visage sur un prénom, de sentir dans la vraie vie les effets des baisers virtuels échangés à longueur de temps sur Skype ou peut-être, sa contribution à la réalisation d'un fantasme exacerbé, poussant Maïa (remplie de désirs à l'extrême) de se convaincre qu'elle n'appartient à personne.

En résumé, accepter d'être le parfait alibi, qui par essence, engendre *in fine* et indéniablement, de la souffrance au nom de sentiments servant à justifier ce qui peut être répréhensible au sein de la bonne vieille société judéo-chrétienne.

Mais (pense-t-il), l'ego démesuré de Maïa est tel qu'il n'est pas à même de lui permettre de se rendre compte de ce mensonge vis-à-vis d'elle même. Mensonge basé sur une certitude semblable à l'esquisse d'un cœur sur le sable au bord de la mer et qui disparaît au premier déferlement d'une vague puissante sur la plage.

L'instant d'après, tout disparaît entraînant le retour à la réalité. Le replis tumultueux de la puissante vague emportant tout au fond de la mer. Un ressac destructeur qui n'épargne ni sentiment, ni rêve.

Ce bonheur fugace, qualifié d'expérience d'une vie, ne saurait cacher l'existence d'un désert affectif, créé de toute pièce par elle qui s'est laissée engluer dans cette relation avec cet homme prénommé Henry.

14

De retour dans le grand salon de l'hôtel, il vit Maïa endormie, son sac à main serré contre sa poitrine.

Il hésita un instant puis, essaya de la réveiller très délicatement.

Malgré tout, Maïa sursauta, un peu honteuse de s'être endormie.

Il la rassure et l'invite à aller marcher un peu avant l'heure du déjeuner.

Elle accepta et les voilà dehors, marchant côte à côte sans se dire un mot.

Cela dura un moment, puis il décida de rompre le silence :

- « *Ça va ?* »

- « *Oui ça va, et toi ?* »

- « *Tu as pu visiter la ville ? … Tu es arrivée avant moi, y a-t-il des choses intéressantes à voir à Berlin ?* »

- « *Oui je crois, mais à vrai dire, je n'ai pas vraiment visité. J'ai à peine vu mon quartier et ses alentours. Je t'attendais avec impatience pour découvrir les choses ensemble.* »

- « *Oh ! Avec impatience ?* »

- « *Oui Monsieur ! Avec une grande impatience. … Tu doutes ?* »

Tous les deux arborent un large sourire.

- « *Il est permis de douter. Non ? … Mets-toi à ma place.* »

Le visage de Maïa devient grave.Elle sait que le moment est venu de crever l'abcès. Elle ne peut plus se dérober. Elle s'était préparée à affronter ce moment mais ne sait pas vraiment comment aborder le sujet pour désamorcer la colère qui couve. Tout à coup, elle agrippe son bras et l'empêche d'avancer. Elle se place devant lui et le fixe droit dans les yeux. Il peut presque lire la peur dans ses yeux couleur agate.

- « *Dis,* t*u m'en veux toujours ?* »

 dit-elle sans pouvoir dissimuler l'angoisse qui la mine.

- « *Oui je t'en veux tout court, pour être franc avec toi. … Tu aurais réagi comment toi si tu étais à ma place ?* »

Maïa reste silencieuse, et cherche visiblement à se rapprocher de lui pour appuyer sa tête contre sa poitrine. Mais il reste à bonne distance et ne semble pas lui permettre ce rapprochement.

Maïa maintient toujours fermement sa main autour de son bras. Elle n'a pas l'intention de le relâcher tant qu'elle n'aura pas été absoute de son grand péché de la veille. Et cette absolution devra nécessairement passer par ce baiser dont elle rêve depuis de nombreuses semaines. Elle veut ce baiser là tout de suite, en pleine rue. Qu'importe l'affluence autours d'eux. Qu'importe si il devait l'abandonner tout de suite après ce baiser.

- « *Je te demande pardon.* »

- « *Pardon de quoi ? Pardon pourquoi ? Je voudrais juste que tu m'expliques pourquoi tu m'as traité de cette façon. … Je n'arrive pas à comprendre pourquoi tu t'es comportée de la sorte avec moi. … Que t'ai-je fait ? Crois-tu que j'ai effectué tout ce chemin pour me faire humilier comme tu l'as fait ? Tu sais Maïa, j'ai cru à ton histoire comme un petit garçon à qui sa maman a promis un sachet de friandises. J'y ai tellement cru, tu sais. A présent, je ne sais plus quoi penser.* »

Maïa pousse un grand soupir. Elle ne sait quoi répondre. Elle voudrait bien lui dire quelque chose, mais quoi ? Elle se sent minable. L'édifice qu'elle a patiemment bâti depuis plusieurs semaines, est en train de se fissurer.

15

A la Valette, Kenneth travaille dans la finance.

Il vit une vie bien rangée. Il est discipliné. Profession oblige.

Il pratique la course à pied, mais ne rate aucun match de football, sport très populaire à Malte.
Curieusement, il n'a jamais mis les pieds dans Ta' Qali Stadium.
Il a horreur de se retrouver dans des lieux

dans lesquels, la densité de la population l'empêche d'avoir un contrôle absolu sur son environnement.

Le débordement incontrôlé de la foule est une véritable obsession pour lui.

Il traîne cette phobie depuis son plus âge.
En effet, lors d'une fête foraine dans la ville, sous la pression de la foule, il a fini par lâcher la main de sa maman qui le tenait pourtant fermement. Ainsi happé par la foule, telle une vague géante qui l'emporta au large, loin de sa maman, il a fallu plusieurs heures à la police pour le retrouver et le restituer à sa famille. Ce fut une expérience traumatisante pour lui et depuis ce temps, il évite de se retrouver dans la foule.
Ce qui l'a conduit une fois devenu adulte, à privilégier les sports individuels, à l'exception de la pratique du marathon, sport pour lequel, il a dû faire un gros travail sur lui-même pour parvenir à supporter d'être dans le peloton compact des marathoniens au départ du marathon.

Kenneth est une personne pragmatique.

Il s'adapte à la réalité et agit en conséquence, concrètement, complètement, sincèrement.

A l'époque où, par le plus curieux des hasards sa route virtuelle croisa celle de Maïa, il n'avait aucune idée préconçue sur ce que peut être cette forme de relation entre un homme et une femme qui ne se connaissent pas ou qui ne se sont jamais vus en chair et en os dans la vraie vie.

Une sacrée découverte pour lui.

Il s'est peu à peu laissé captiver par ce jeu de séduction qui n'obéit à aucune logique et qui ne repose sur aucune vérité de part et d'autre.

En règle générale, dire « je t'aime » dans une langue étrangère n'a pas la même saveur que dans sa langue d'origine avec tout ce que cela sous-entend en lien direct avec sa propre culture.

Alors, que penser finalement de ces déclarations tonitruantes à visage caché, (frisant parfois l'hystérie et la surenchère) promettant monts et merveilles par réseaux sociaux interposés, aussi sincères soient-elles mais qui n'obligent personne ?

N'est-il pas vrai que parfois, la foudre tombe sur des herbes sèches et les embrasent en causant des dégâts irréparables ?

A travers cette relation virtuelle, et sur la base de cette sincérité supposée qu'il afficha dès le premier jour, sincérité qui a été l'élément déclencheur de sa détermination à poursuivre cette relation au-delà de ses convictions et qui l'a conduit jusqu'à Berlin, il a toujours voulu savoir quels pourraient être les effets induits par cette expérience que Maïa a qualifié d'expérience d'une vie.

Il ne se définit pas lui-même comme un opportuniste, à savoir, celui qui ne se renie jamais mais qui se rallie souvent.

Maïa est là, à portée de lèvres.
Il se sent flatté par cet élan de sentiments à son égard.
Mais, le jour d'après : à quoi va ressembler ce lendemain, lorsque tout sera consommé, lorsque le brouillard des sentiments qui

empêche de voir la réalité en face, se sera dissipé ?

Pour l'heure, que va-t-il faire face à cette situation dans laquelle il se sent mal à l'aise, à l'opposé de l'image idyllique suggérée et qualifiée par Maïa au cours de leurs échanges épistolaires comme l'expérience d'une vie ?

16

Toujours accrochée à son bras, Maïa réussit finalement à poser sa tête contre sa poitrine. Elle n'a pas été rejetée. Ce n'est pas un corps à corps torride, mais c'est un bon début. Elle peut entendre battre son cœur. Elle se sent un peu plus rassurée mais attend désespérément ce baiser dont elle rêve depuis si longtemps et qui ne vient toujours pas. Elle est prête à se hisser jusqu'à ses lèvres en se tenant sur la pointe des pieds, pourvu que son attente ne dure pas trop longtemps. Dans son jeune âge, la pratique de la danse classique et la rigueur qui s'y attache, ont gravé dans sa mémoire combien cela peut être douloureux de se maintenir sur la pointe des pieds au-delà d'un certain seuil.

Elle n'a pas le choix : il est immensément grand et ses lèvres sont inaccessibles. Elle ne sait quoi faire pour qu'il daigne lui faciliter la tâche en se baissant un tout petit peu.
 Alors elle tente un classique du genre :

- « *J'ai froid ….. Serre-moi dans tes bras, s'il te plaît. S'il te plaît.* »

Aucun effet à cette supplique cousue de fil blanc.

- « *Allons déjeuner si tu veux bien. ...Tu pourras te réchauffer et reprendre des forces.* »

Répliqua Kenneth l'air détaché.

- « *Bonne idée Kenneth.. Que me proposes-tu ?* »

Dit-elle en arborant son air le plus sincère.

- « *Le restaurant de mon hôtel est correct. J'ai l'avantage d'avoir dîné là hier. C'était bien. .. A moins que tu aies une autre idée à me suggérer ?* »

- « *Non, c'est parfait ! Je te suis. … J'ai faim.* »

Ils rebroussent chemin et se redirigent vers Albrechtstrasse. L'hôtel n'est pas loin. Encore quelques pas.

Aussitôt arrivés, ils pénètrent dans le hall de l'hôtel et prennent la direction du restaurant sous la houlette de Kenneth.

Soudain, Maïa marque un arrêt :

- « *Je peux utiliser tes toilettes s'il te plaît ?* »

- « *Je crois qu'il y a des toilettes pas loin du restaurant dans le hall. Tu veux que je t'y amène ?* »

Maïa a du mal à cacher sa déception d'avoir effectué un nouveau tir qui n'a pas atteint sa cible.

Elle connaissait l'existence de ces toilettes. Elle s'en était servie alors qu'il prenait sa douche et qu'elle attendait dans le salon. Mais, c'était une belle occasion de pénétrer son espace vital qui pour l'instant, semble être une citadelle imprenable.

- « *Oui, s'il te plaît.* »

Alors, elle le suit comme son ombre jusqu'à la porte des toilettes. Il lui ouvre la porte et la laisse entrer. Il refferme la porte derrière elle. Il attend patiemment dans le couloir, profitant du WIFI de l'hôtel pour consulter sa messagerie sur son smartphone.

A l'intérieur, Maïa s'arrête devant un lavabo et fait couler l'eau froide sur ses mains prises d'un léger tremblement. Elle est au bord de la crise de nerf. Elle fulmine en se condamnant d'avoir agi comme une idiote la veille à l'aéroport.

Son cœur est rempli d'amertume. Elle a mal

au ventre.

Cette épreuve qu'elle s'est auto infligée, se solde pour l'instant par un échec cuisant.
Ce qui devait être la célébration de la liberté retrouvée, et qui aurait permis son triomphe éclatant sur toutes ces années de doutes, de privations, de retenues, ordonnées par son statut de femme mariée, est à cet instant précis, un ensemble de déconvenues dont elle doit gérer les conséquences.

Elle ressent le désagréable goût de quelque chose d'inachevé alors que continue de brûler en elle, cette envie irraisonnée et intenable d'assouvir ce besoin de mener à son terme le but qu'elle s'était fixé en se déplaçant à Berlin. Malgré son infortune, elle est optimiste. Elle n'est pas venue pour trouver un nouveau mari pour remplacer son vieux mari resté à Londres. Mais ce qu'elle est venue chercher, c'est plus que ça. Elle est venue se chercher elle-même avec l'espoir d'alléger le poids de ce passé qui l'a poussée hors de chez elle. Qu'importe les pièges qui jalonnent ce chemin qu'elle a entrepris de parcourir dans sa quête du bonheur absolu.

Elle comprends parfaitement la réaction de Kenneth qui garde ses distances face à cette femme qui peut lui sembler déséquilibrée.

Elle en aurait fait autant, voire plus. Peut-être, elle serait même retournée à Londres après l'avoir incendié comme il se doit.

A première vue, l'attitude de Kenneth peut sembler être du mépris.Certains pourraient penser qu'il cherche une bonne raison de s'aménager un « abri » pour se replier le cas échéant. D'autres le jugeront comme l'homme prudent qui voudrait garder toute sa lucidité dans cette situation qui pourrait basculer très rapidement vers une tragédie, Maïa pouvant croire à l'existence d'un amour consenti et partagé entre deux adultes de bonne foi et qui *in fine* se sentirait rejetée, bafouée, trahie. Ou bien encore, il pourrait être cet imposteur attendant le bon moment pour agir, celui-là mêmc qui sc serait fait passer pour un gentleman rassurant qui est entré dans le jeu de séduction initié par Maïa par Skype interposé et qui l'aurait séduite au point de la pousser à déserter son foyer.

A ce point de l'histoire, les avis pourraient

diverger, face à l'inertie manifeste de Kenneth qui, en tenant compte des mentalités actuelles, aurait pu sauter sur sa proie sans se poser de questions métaphysiques. Il aurait pris ce qui lui est gracieusement offert. Un point c'est tout.

Et si Kenneth était tout simplement venu sans idées préconçues, en « bon camarade » visiter une ville dont Maïa lui a vanté à coup d'arguments les charmes au point de lui donner envie d'effectuer le déplacement pour lui tenir compagnie ?

Qu'en pensez-vous ?

Maïa garde l'espoir de retourner la situation en sa faveur. Il reste encore trois jours à passer à Berlin et Kenneth n'a pas pris ou annoncé sa décision d'anticiper son retour à la Valette.

17

Ce fut le déjeuner de tous les dangers.

Méfiante, échaudée, Maïa était assise entre deux chaises.

D'un côté, celle confortable de la femme raisonnable, patiente.
De l'autre, celle inconfortable, (semblable à de la braise incandescente) de la femme prête à se mettre en danger.

Maïa ne saurait dire la composition de son menu au cours de ce déjeuner surréaliste, pas plus que le nom du plat principal qu'elle a dégusté.

Pourtant, elle avait su faire bonne figure, riant de bon cœur aux nombreuses plaisanteries de Kenneth qui s'est révélé être un véritable charmeur.

Ses truculentes et incroyables anecdotes ont su captiver son invitée, aussi naturellement que sur Skype.

Il est attentionné, persuasif, réussissant même à obtenir d'elle de recevoir la « béquée », c'est à dire lui faire ouvrir délicatement la bouche pour y déposer des morceaux de nourriture prélevés dans son assiette, à l'aide de sa fourchette à lui.

L'ambiance était quasi parfaite de par cette connivence qui (en apparence) ne faisait aucun doute, et qui a su (comme par magie) masquer son atroce solitude.

Elle a mangé avec appétit pour se remplir

l'estomac et honorer l'invitation de son hôte, mais cet appétit est loin d'avoir rassasié son ambition de mener son projet jusqu'à son terme.

Comment comprendre et expliquer qu'une belle mécanique bien huilée, mise au point de longue date, qui ne demande qu'à fonctionner à merveille, puisse se transformer tout à coup en une montagne de soucis ?

N'est-ce pas la parfaite illustration de ce qu'est l'apocalypse ?

Tout commence par une matinée radieuse, tout va bien tout au long de la journée, et en fin de journée, c'est la fin du monde. Personne ne sait ce qui s'est passé à part que : c'est le néant, tout à coup.

Depuis ce temps des jours heureux où leurs deux routes virtuelles se sont croisées avec le ferme espoir d'une rencontre pleine de promesses, de tendresse, de volupté, jusqu'à ce déjeuner au cours duquel, la flamme de la bougie (qui éclairait leur cheminement et illuminait leurs désirs réciproques de vivre cette fameuse expérience d'une vie), a vacillé sans avoir été soumise à un fort vent du nord, l'état d'âme de Maïa a quelque peu changé.

La maîtrise de ses émotions est mise à mal par son mal-être dans cette situation sur laquelle elle n'a plus aucune prise.

Elle est face à un « ennemi » qui n'en est pas un. Elle ne se sent pas capable de faire face à cet adversaire qui ne lui a pas déclaré la guerre.

Elle a du mal à comprendre que le passage du virtuel à la réalité de la vraie vie, doit passer nécessairement par la réinitialisation complète de cette relation sur la base et la prise en compte des sentiments développés et ressentis par deux individus en chair et en os, mus par le même désir de s'aimer.

18

Sur le chemin du retour à son hôtel en compagnie de Kenneth qui a décidé de lui rendre la politesse en la raccompagnant, Maïa s'interroge sur la suite à donner à cette affaire qui continue de la rendre folle.

Cette folie qu'elle voudrait éviter à tout prix, qui la pousse irrémédiablement vers le renoncement à ses pulsions initiales de vivre l'expérience de sa vie, l'empêche de lire clairement dans les intentions de celui pour lequel elle a créé ce bouleversement dans sa propre vie sans en mesurer les conséquences.

D'un côté, Henry resté fidèle à son alliance avec elle et qui l'attend de pied ferme à son retour à Londres, de l'autre, Kenneth qui semble se jouer de sa bonne foi et de son engagement dans cette aventure dont chaque étape a été minutieusement préparée au cours des semaines qui ont précédé son arrivée à Berlin.

De part et d'autre, les conséquences sont inévitables, sachant que toute action décisive a ses inévitables conséquences. Elle le sait.

Soit elle repart de Berlin gonflée à bloc après avoir vécu cette expérience dont elle tient tant, et une fois à Londres, sa vie maritale prendra une autre tournure, soit elle quitte Kenneth en sanglots, déçue de s'être bernée, persuadée que celui qui lui a fait croire qu'une autre vie est possible, n'était finalement pas cette même personne qui l'a fait rêver devant son ordinateur.

Que faire face à cette situation qui lui a fait prendre conscience qu'elle est tenue alors qu'elle croyait tenir ?

Vers qui se tourner pour se consoler ? Qui pourra lui insuffler la bonne décision ? Cette décision salvatrice (tant attendue) qu'elle ne regrettera pas en fin de compte et qui la rendra fière d'avoir osé.

Alors, contre toute attente :

- « *Dis-moi Kenneth, regrettes-tu d'être venu me voir ?* »

- « *Non bien évidemment Maïa. C'était une idée géniale de m'avoir proposé ce voyage. Pourquoi cette question ?* »

- « *Si je comprends bien, tu es venu juste pour visiter Berlin ?* »

- « *Non !* »

- « *Tu es venu aussi un peu pour moi, n'est-ce pas ?* »

95

Londres : le jour d'après
© Nathanaël AMAH , 2020 NATHAM Collection

- « *Je ne comprends pas ta question.* »

- « *J'avais espéré autre chose en venant jusqu'ici.* »

- « *Quoi Maïa ?* »

- « *Que toi et moi, nous puissions enfin nous rencontrer après tout ce que nous nous sommes dits sur Skype.* »

Kenneth sourit.

- « *Oui, je comprends où tu veux en venir.* »

- « *Et alors ? On fait quoi ? Que me proposes-tu ?* »

Devant ce déferlement de questions, Kenneth marque un arrêt et se tourne vers Maïa.

- « *Maïa, qu'attends-tu de moi ?* »

- « *Tu veux vraiment savoir ?* »

- « *Oui Maïa. Dis-moi. S'il te plaît.* »

Après un moment d'hésitation, elle se jette à l'eau.

- « *je voudrais partager une nuit avec toi. Une seule. C'est possible ?* »

Kenneth sourit une nouvelle fois pour masquer son embarras.

- « *C'est important pour toi ?* »

- « *Oui ! … Pas pour toi ?* »

- « *Je ne me suis pas posé la question.* »

- « *Ah ? … Ok !* »

- « *Tu sembles fâchée.* »

- « *Non ! Juste un peu déçue. J'avais cru que tu tenais aussi un peu à notre histoire.* »

- « *Notre histoire ? Que veux-tu dire ? Peux-tu m'expliquer ?* »

- « *Non, laisse tomber. Bon, je vais prendre*

un taxi pour rentrer à l'hôtel. Je suis fatiguée. Au revoir Kenneth. Bonne fin de journée. »

Aussitôt dit, aussitôt fait. Maïa lui tourne le dos, fait signe au premier taxi qui passe à proximité, et prend congé de son hôte qui reste figé sur le trottoir dans cette rue pas très loin de son hôtel.

Il regarde s'éloigner le taxi, un peu sonné, surpris par la réaction de Maïa qui ne lui a pas laissé le temps de s'expliquer.

19

Après quelques heures d'errance dans la ville, Kenneth finit par retourner à l'hôtel faire une pause avant le dîner. Mais en arrivant dans sa chambre, il aperçut le paquet qu'il avait préparé à l'attention de Maïa. Un cadeau qu'il avait ramené de la Valette pour son amie Maïa.

Il ressortit aussitôt, prit un taxi et se rendit à l'hôtel de Maïa pour lui remettre ce cadeau qui lui tenait à cœur.

Il remit donc le paquet à la réception de l'hôtel, ne voulant pas la revoir, présumant de son état d'esprit après ce qui s'était passé en début d'après-midi. Il voulait juste qu'elle sache qu'il tient à elle, non pas comme elle l'aurait souhaité, mais assez pour lui avoir préparé et ramené ce cadeau en guise de son attachement, et pour prolonger leur rencontre à Berlin lorsqu'elle sera retournée à Londres.

Ensuite, il s'en alla le cœur léger.

Elle en fera ce qu'elle voudra se dit-il, avec le secret espoir que son cadeau lui fera plaisir au-delà de son ressentiment.

Il ne croit pas que Maïa soit la femme du ressentiment.

D'après ce qu'il a perçu d'elle au cours de ces longues semaines de discussion avec elle sur Skype, c'est en premier lieu sa propension à ne jamais s'encombrer de rancœurs quelle qu'en soit la nature, quel qu'en soit le motif. C'est trop lourd à porter comme elle lui disait.

La libération de l'âme, est est selon elle, la seule et l'unique manière de guérir après un choc psychologique. Par conséquent, il n'a jamais été question pour elle de porter le deuil d'une offense, si offense il y a.

Kenneth essaie de se rassurer comme il peut, en supputant, en se convainquant que l'incident est clos.

Mais, qui peut mesurer les conséquences d'une intense émotion ressentie par une femme dont le cœur a été brisé ? Qui peut présumer des réactions de la femme amoureuse qui se sentirait humiliée et délaissée ?

Maïa était tombée follement amoureuse de Kenneth à qui elle avait ouvert son cœur, à qui elle était prête à donner son corps en gage de cet amour qu'elle entretenait en secret. Elle avait réussi à le captiver au point de lui faire faire ce trajet jusqu'à Berlin, alors que rien ne l'obligeait. Tout était sur les rails. Mais **…** .

Qu'est-ce qui n'a pas fonctionné ?

Pourquoi se sent-elle dans la peau d'une personne qui essaie désespérément de s'accrocher à l'eau qui l'environne pour éviter de se noyer ?

20

Au retour de son jogging le lendemain matin, la réceptionniste interpelle Kenneth pour lui remettre une enveloppe. Il la remercie et monte dans sa chambre. Il la dépose sur son lit et part se doucher.

Il prend tout son temps. Ensuite, il décide d'ouvrir l'enveloppe et de lire son contenu.

Premier réflexe : la signature à la fin du

message : Maïa .

Ah !
Bon, la suite :

« *Bonjour Kenneth.*
Merci du fond du cœur d'avoir fait le déplacement pour me rencontrer. C'est très gentil à toi de l'avoir fait. J'ai apprécié ce grand honneur que tu m'as fait.
Merci pour ce magnifique cadeau que tu as déposé hier à mon hôtel. Le foulard est magnifique, et cerise sur le gâteau, il exhale ton eau de toilette. C'est une délicate attention.
Je suis passée ce matin pour te le dire de vive voix, mais tu faisais ton jogging.
Alors, je te laisse ce message pour te dire que j'ai décidé de m'en aller aujourd'hui.
Pourquoi ?
Tout d'abord parce que j'ai besoin de regagner mon foyer au plus vite, d'autre part, dans la mesure il n'y a plus moi, il n'y a plus toi, il n'y a plus « Nous », je ne trouve aucune raison de prolonger inutilement mon séjour dans cette belle ville qui restera à jamais gravée dans ma mémoire.

Même si, il n'y a jamais eu « Nous », je n'ai pas pu m'empêcher de t'aimer d'un amour pur et sincère. Mon amour pour toi est vivace au fond de mon cœur et je ne t'oublierai jamais.

Je n'ai pas su te le dire. Je n'ai pas su te dire combien une étreinte dans tes puissants bras, m'aurait réconfortée et portée jusqu'au ciel pour décrocher la lune. Je n'ai pas su te dire tout ce que je suis en train de t'écrire. J'avais peur de te faire fuir. Pardonne-moi si je t'ai fait perdre ton temps alors que ton temps est si précieux.

Au revoir Kenneth.

Pense à moi de temps en temps.

Je t'embrasse (comme nous avons l'habitude de le dire sur Skype).

Maïa. »

Kenneth n'en revient pas de ce qu'il vient de lire. A t-il bien lu ce qu'il a lu ? Il est pris d'un léger vertige. Il s'installe au pied de son lit et essaie de recouvrer ses esprits.

Alors il se précipite sur son smartphone et essaie de joindre Maïa dont l'avion vient juste de décoller.

Trop tard.

Que peut-il faire d'autre que d'espérer que le temps finira par effacer son chagrin.

Il a lu une dizaine de fois cette lettre qui a glacé son sang et qui l'a ému aux larmes.

Il se sent coupable d'avoir brisé son cœur. Comment pouvait-il savoir ce qui couvait en elle, au fond de son cœur ? Comment pouvait-il s'imaginer que ses mots échangés en toute innocence par Skype interposé, aient pu provoquer tant d'espoir et tant de dégâts à la fois ? Comment réparer ce cœur brisé en mille morceaux ?

21

Londres, début d'après-midi. L'avion de Maïa vient de se poser. Elle passe tous les contrôles et peut enfin prendre un taxi.

Au cours du trajet, elle ressort une dernière fois le foulard de soie bleue et le hume longuement.

Une idée lui traversa l'esprit : ouvrir la vitre de la portière et le laisser s'échapper en desserrant ses doigts. La disparition de cet élément qui le relie encore à Kenneth, pourra l'aider à faire le deuil de cet amour « mort-né » qui continue de faire saigner son cœur.

Mais au dernier moment, elle se ravise et remet le foulard au fond de son sac.

Le taxi s'immobilise devant sa maison. Elle paie, récupère sa valise et rentre chez elle.

La maison est vide. Henry est au sous-sol dans son studio en train de finaliser un projet sur lequel il travaille depuis quelques semaines.

Sans avoir défait sa valise, Maïa alla directement se coucher dans son lit, dans la position du fœtus. Elle sanglote. Elle ne peut se maîtriser. Ses yeux ont rougi et le peu de rimmel autour de ses yeux a fini par s'estomper, rendant son visage blafard.

En fin d'après-midi, en remontant, Henry la trouva profondément endormie, toujours dans cette position du fœtus.

Il ne comprend pas et s'inquiète même de la voir ainsi toute habillée dans le lit, la valise à côté du lit, les chaussures éparpillées dans la chambre.

Il hésite. Il ne sait pas quoi faire. Est-elle malade ? Faut-il la réveiller ? Il se tient un moment devant le pied du lit, la regarde dormir puis, sort de la chambre et va s'installer dans le salon, un verre de Brandy à la main.

Il est partagé entre entre la colère et l'inquiétude. Le bout de papier qui lui rappelle l'escapade de son épouse, est resté sur la table de la cuisine, au même endroit.

Un peu plus tard en début de soirée, Maïa émergea de son long et profond sommeil. Elle se leva prestement, se déshabilla et se dirigea vers la salle de bain pour se prélasser dans un bain chaud.

Henry patiente au salon, attendant son entrée dans la pièce.

Comme en pareille circonstance, le conjoint

bafoué prépare un plaidoyer en faveur de ses droits et met en scène son intervention au moment opportun, arborant son visage le plus réprobateur possible, exprimant ainsi sa colère et sa désapprobation. La condamnation du conjoint fautif étant acquise *de facto*.

Mais, au moment où Maïa est apparue dans le salon, se traînant jusqu'à lui pour l'embrasser comme elle le fait à chaque retour de voyage, Henry se leva et sortit de la pièce pour éviter tout contact avec elle. Trop tôt, pensait-il. Maïa rebroussa chemin et se dirigea alors vers la cuisine pour préparer le dîner.

Le dîner se déroula dans un silence quasi monacal, sous les regards furtifs de Henry qui jusque là, n'a pas cherché ou trouvé la bonne occasion de porter l'estocade à son épouse.

Dîner vite expédié, la vaisselle, le rangement de la cuisine, puis Maïa retourna dans sa chambre à coucher sans avoir desserré les dents durant toute la soirée.

Elle défait sa valise, trie son linge sale qu'elle charge dans la machine à laver, lance son programme de lessive habituel, va se coucher et s'endort aussitôt. Il faut dire que les cachets qu'elle avait pris à Berlin la veille pour essayer de dormir, ont eu un effet retard sur son cycle de sommeil.

Henry passa un long moment au salon à s'interroger sur les causes de cette tristesse qui assombrit le visage de son épouse. Deux ou trois Brandy plus tard, il se décida à aller se coucher à son tour.

Le jour d'après, à son réveil, elle passa la tête à l'entrée de la chambre de son époux pour le saluer.

Henry était déjà descendu au studio, ayant pris un peu de retard sur la finalisation de ce projet qui lui donne des migraines depuis le départ de son épouse.

Elle descend le saluer au studio, puis remonte pour entamer sa journée.

Vidage de la machine à laver le linge, nettoyage de fond en comble de la maison laissée un peu à l'abandon depuis son départ, inventaire du courrier en souffrance.

Et puis, un coup d'œil à son smartphone.

Plusieurs tentatives d'appel de Kenneth, mais dans la messagerie, un message a attiré son attention :

« *Chérie, je suis à Londres. Je viens te chercher.* »

FIN.

Londres : le jour d'après

Londres : le jour d'après

Éditeur : BoD-Books on Demand, 12/14 rond point des
Champs Élysées, 75008 Paris, France
Impression: BoD-Books on Demand, Norderstedt,
Allemagne
ISBN : 9782322224050
Dépôt légal : Mai, 2020

Londres : le jour d'après